Martin Mystère™

Vacances en enfer

Loi n° 49-956 du 16 juillet 1949
sur les publications destinées à la jeunesse :
février 2008.

www.martinmystere.com

ISBN : 978-2-266-17133-5

Dépôt légal : février 2008

Achevé d'imprimer en France
en décembre 2007
par Pollina, 85400 Luçon
n° L44985

Martin Mystère™

Vacances en enfer

Gilles Legardinier

d'après un scénario
de John Slama

POCKET
jeunesse

Direction opérationelle
du Centre

FICHES D'IDENTIFICATION CONFIDENTIELLES

AGENTS SPÉCIAUX

AFFECTÉS AUX AFFAIRES PARANORMALES

MARTIN

Jeune, sportif, toujours prêt pour l'aventure et l'action. Il est irrésistiblement attiré par tout ce qui est étrange et de préférence gluant, ce qui dégoûte sa sœur ! Agent spécial volontaire, il remplit les missions les plus extraordinaires, affrontant aliens de tous poils et créatures diaboliques.

Commentaire de Mom, directrice du Centre : « Garçon plein de charme, mais dont les idées tordues peuvent aussi bien sauver le monde que provoquer d'incroyables dégâts très coûteux. »

CONFIDENTIEL

DIANA

Contrairement à Martin, son demi-frère, Diana est studieuse, sérieuse, ponctuelle et raisonnable. Elle est connue pour ses remarquables qualités intellectuelles. Par contre, lorsqu'il s'agit de passer à l'action, elle n'est plus aussi douée... Avec son grand frère, elle fait des étincelles, dans tous les sens du terme. Commentaire de Mom, directrice du Centre : « Jeune fille aussi séduisante qu'intelligente mais qui ne supporte pas les blagues de son frère. »

CONFIDENTIEL

JAVA

Fidèle complice de Martin et Diana, Java est un homme de l'âge de pierre ramené d'une mission transdimensionnelle.

Remarquablement en forme malgré ses 20 000 ans, il leur prête sa formidable force physique dans leurs missions les plus dangereuses. Assez peureux, il lui arrive de se comporter comme un enfant de quatre ans...

CONFIDENTIEL

MOM

Cette femme aussi belle que mystérieuse est la directrice du Centre et supervise d'une main de fer toutes les enquêtes paranormales secrètes à travers le monde. Elle a un faible pour les inventions révolutionnaires et pour son agent le plus délirant et le plus doué, Martin Mystère !

CONFIDENTIEL

BILLY

Ce petit extraterrestre qui ne se déplace qu'à bord de sa mini-soucoupe volante est l'assistant personnel de Mom. Il rêve d'avoir autant de succès que Martin avec les filles et autant de courage au cours des missions. Même s'il a peur de tout, on peut toujours compter sur Billy pour donner la bonne information au bon moment...

CONFIDENTIEL

chapitre 1

— Trop génial ! s'exclama Martin en jetant ses livres de classe au fond d'un placard. Finie, l'école, bonjour l'été ! Dans sa chambre de l'université de Torrington, le jeune homme virevoltait en rassemblant ses affaires pour les vacances, sous le regard atterré de sa sœur Diana.

– Mon pauvre Martin, fit-elle, ce n'est pas comme ça que tu vas améliorer ta façon de travailler.

– Qui parle de travail ? rétorqua le jeune homme. Après cette année de dur labeur, je crois que j'ai bien mérité un peu de repos !

– Les missions du Centre et tes aventures à dormir debout t'ont certainement plus fatigué que tes révisions !

Le jeune homme ne releva pas et continua à siffloter en entassant en vrac dans son sac ses chemises hawaïennes et ses shorts de bain flashy.

– Ce que j'aime avec les vacances au soleil, commenta Martin, c'est que les bagages sont superlégers !

Diana reprit :

– Je n'arrive pas à comprendre comment on peut passer tout son temps sur une plage sans s'ennuyer.

– S'ennuyer sur une plage ? Si tu crois que je vais me la couler douce, tu te trompes, sœurette !

« Entre les longues journées de surf et les fêtes jusqu'au bout de la nuit, je suis même certain qu'en revenant ici j'aurai déjà besoin de vacances !
– Eh bien, moi, je compte achever mon roman, déclara Diana en brandissant un épais manuscrit.

D'un geste vif, son frère le lui arracha :
– Fais voir, j'ai justement besoin d'un truc pour me caler la tête si je fais la sieste...
– Martin, rends-moi ça !
Martin esquiva le geste de sa sœur et feuilleta le document d'un air dédaigneux :
– Hum hum, je vois ! Encore une histoire pseudo-intellectuelle qui, derrière les grands mots, ne parle que de petits bisous et d'amourettes...

– Martin, redonne-moi mon roman tout de suite ou tu vas passer tes vacances à l'hôpital !
– L'avantage avec ce genre de livre, c'est que ça ne prend pas la tête.
– Que pourrais-tu y comprendre ? Il y a trop de mots et pas assez de robots ou d'extraterrestres gluants...

À cet instant, la porte de la chambre s'ouvrit et Java apparut. Le frère et la sœur s'immobilisèrent, surpris par l'apparence inhabituelle de l'homme des cavernes...
– Ouah ! lança Diana. Tu es habillé comme un prince, Java. Veste, chemise et cravate, quelle allure !
– Java aller apprendre cuisine française à Paris. Java devoir être élégant.
– Aucun problème sur ce point, mon pote, tu as la superclasse !

– Toi, tu devrais te poser des questions ! lança Diana à son frère avec ironie. Même un homme des cavernes arrive à être plus chic que toi…

En représailles, Martin fit mine de déchirer le manuscrit. L'effet fut immédiat : Diana bondit en hurlant… mais elle fut aussitôt interrompue par un bip familier.

– Appel du Centre, fit Java. Mom veut voir nous.
– D'abord je massacre mon frère, et après on y va ! cria Diana, énervée, en pourchassant Martin.
– Mom pas aimer attendre, insista Java.

Dans le plancher de la chambre s'ouvrit une porte transdimensionnelle.
– Bof, je suis sûr qu'elle veut juste nous souhaiter d'excellentes vacances, fit Martin en plongeant dans le passage pour échapper à sa sœur.
Diana s'y jeta à sa suite. Java haussa les épaules et leur emboîta le pas, disparaissant à son tour par la porte transdimensionnelle.

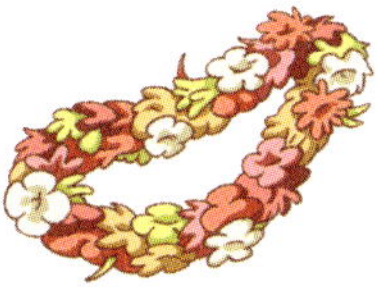

chapitre 2

Diana, Martin et Java venaient à peine de sortir du sas d'identification quand Billy apparut.

– Salut, les amis ! lança le petit extraterrestre perché sur sa soucoupe volante miniature. Alors, quoi de neuf ?

– Salut à toi, Billy, nous sommes sur le départ, répondit Martin.

– Le départ de quoi ?
– Ma chère sœur est sur le point de se prendre pour une grande romancière, Java va apprendre à nous cuisiner des petits plats en France et moi j'ai rendez-vous avec les plus belles vagues et les plus belles filles du monde…
– Géant !
– Au fait, sais-tu pourquoi Mom veut nous voir ?
– Tu connais la patronne. Elle ne dit que le strict nécessaire et ce sont souvent des ordres…

Lorsque les trois jeunes gens et leur ami en soucoupe entrèrent dans le bureau de Mom, ils découvrirent la directrice du Centre de dos… et en maillot de bain deux pièces, debout devant une énorme sphère lumineuse dont l'intense rayonnement les aveugla.

– Bonjour, Mom ! lança Martin en enfilant ses lunettes de soleil avec désinvolture. Ce n'était pas nécessaire de nous convoquer, on ne serait pas partis en vacances sans vous dire au revoir…

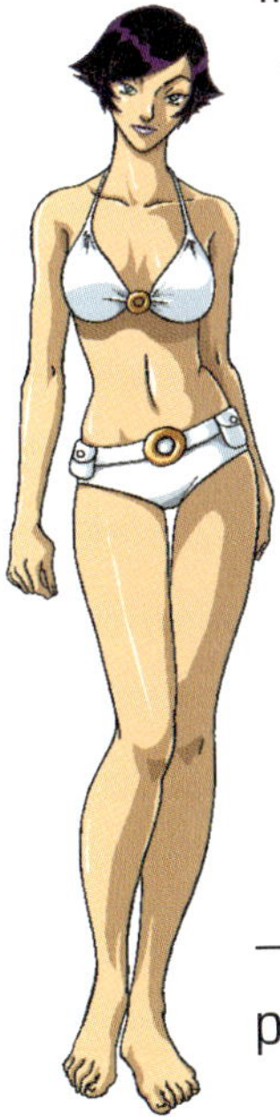

Impériale, Mom fit volte-face :

– En vacances ? coupa-t-elle d'une voix glaciale. Cela dit, cette mission-là y ressemble un peu, d'une certaine façon. Vous allez devenir MEF…

– MEF ? Qu'est-ce que c'est ? interrogea Martin, curieux. Maître en Fantômes ? Manager Expert en Fiction ? Messager en Evénements Futurs ?

– Moniteur En Formation. Vous partez en colonie de vacances.

– En colonie ! s'exclamèrent Diana et Martin, dépités.

– C'est quoi, colonie ? demanda Java.

– Ce sont des centres de loisirs où des dizaines d'enfants pratiquent des activités pendant leurs vacances, expliqua Diana.

– Leur première occupation est de faire des blagues idiotes aux moniteurs qui les surveillent, précisa Martin.
– Java bien aimer colonie.
– Sauf, mon vieux, que nous n'y allons pas comme enfants...
– Exact, agent Mystère.

Pianotant de façon experte sur un clavier, Mom fit apparaître une carte holographique. Elle zooma sur la région nord du pays, jusqu'à ce qu'on distingue nettement une série de chalets au bord d'un lac perdu au milieu des bois.
– Voilà la situation, expliqua la directrice. On nous a signalé d'étranges lueurs qui surgissent la nuit. Il semble aussi que des enfants aient eu des problèmes avec un mystérieux bouillonnement sur le lac alors qu'ils étaient en randonnée en

canoë. Vous allez donc vous faire passer pour des moniteurs et aller voir ce qu'il en est sur place.

Contrariée, Diana glissa à Martin :
– On ne va pas rater nos vacances pour aller s'occuper de gamins, c'est trop nul...
Martin se racla la gorge et hasarda :
– Ne vous inquiétez pas, Mom, ce sont sûrement des aurores boréales qui auront effrayé ces pauvres mouflets. Le camp est situé très au nord, d'après ce que je vois, et ce sont des phénomènes atmosphériques courants dans ces régions...
– Martin a raison, ajouta Diana en renfort. Ce n'est sûrement pas grave...
– Malheureusement, il n'y a pas que ces lumières. Nos satellites enregistrent également un très haut niveau d'activité

paranormale sur le site. C'est une vraie mission. Et cela compte bien plus que vos vacances. J'espère avoir été parfaitement claire sur ce point. Des questions ?

– Juste une, fit Martin en s'approchant. Cette grosse boule lumineuse supercool, c'est quoi ? Un chef-d'œuvre de technologie extraterrestre ? La dernière invention secrète des ingénieurs du Centre ?

– C'est une lampe à bronzer, agent Mystère. Cette année, je prépare ma peau avant mes vacances. Bonne mission, j'attends votre rapport.

Billy entraîna ses amis hors du bureau de Mom. Martin lui souffla :
– Dis donc, notre directrice est plutôt jolie en maillot de bain. Si elle avait deux siècles de moins, je la trouverais presque à mon goût.
Une voix familière monta du bureau :
– Je vous ai entendu, agent Mystère ! Nous reparlerons de ça dès votre retour !

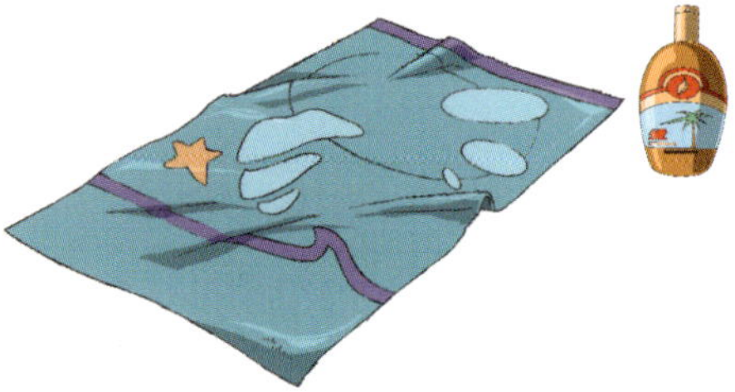

Le véhicule des trois agents du Centre suivait une piste défoncée qui serpentait au cœur d'une profonde forêt.

– Quelque chose me dit que ce n'est pas dans ce coin paumé que je vais trouver les plus belles vagues et les plus belles filles, commenta Martin en conduisant.

Java et Diana ne répondirent pas : ils faisaient ce qu'ils pouvaient pour encaisser les secousses dues aux ornières.

Le chemin déboucha soudain sur une immense clairière qui surplombait un lac aux eaux turquoise. De charmants petits chalets en rondins s'alignaient sur un vaste terrain herbeux.

– C'est plutôt joli, lança Diana. Les vacances ne seront peut-être pas aussi ratées que ça.

– Évidemment, pour quelqu'un qui veut écrire un roman, ce trou perdu doit suffire, mais pour le surf et la fête...

– Java va quand même faire cuisine, mais pas française.

Le véhicule s'immobilisa dans un nuage de poussière. Martin sauta à terre et jeta un coup d'œil à la ronde. Seuls le chant des oiseaux et le vent léger dans les branches des arbres venaient troubler la sérénité du lieu.

– Mortel… fit le jeune homme en secouant la tête. Je suis sûr que c'est plus joyeux chez le proviseur de Torrington.

Une jeune femme sortit d'un des chalets pour les accueillir. Elle était superbe et son charme opéra comme par magie sur Martin, qui changea aussitôt d'attitude.

– Mortel ! reprit-il d'une voix cette fois pleine d'entrain. Ce camp est supercool et vous l'êtes aussi, mademoiselle ?...

– Nancy. Je dirige l'équipe des moniteurs. Vous devez être les trois nouveaux MEF ?

– Exact.

– Bienvenue au camp.

Chacun serra la main de la jeune femme. Martin eut beaucoup de mal à la lâcher...

– Tu vois, Diana, fit Martin, je ne suis pas du tout d'accord avec toi. Cet endroit est idéal. Du calme, les merveilles de la nature, la joie de vivre des enfants, un bon bouquin, et tu passes les meilleures vacances de ta vie...

Diana serra les dents pour éviter de bondir sur son frère.

Nancy leur adressa un sourire éclatant qui fit manquer un battement de cœur à Martin et dit :
– Venez, je vais vous faire visiter.

En remontant l'allée centrale du centre de loisirs, Nancy expliqua :
– Les cuisines sont dans le petit bâtiment, là-bas.
– Java content de pouvoir cuisiner. Java aime être grand chef.
Nancy reprit :
– Chaque MEF ne s'occupe que de deux enfants. Pour toi, Diana, la zone de chalets des filles est

de ce côté. Martin, tu seras avec les garçons sur l'autre versant du chemin. Vous verrez les enfants ce soir, ils sont partis en randonnée pour l'après-midi. Si vous avez des questions, n'hésitez pas.

Diana sauta sur l'occasion :

– Nous avons entendu parler de mystérieuses lumières…

– Les enfants adorent se faire peur le soir autour d'un bon feu de camp. S'ils ont vraiment vu des lueurs, il devait s'agir d'aurores boréales.

Martin bondit devant Nancy.

– C'est exactement ce que je crois, moi aussi ! fit-il, exalté. Toi et moi on est vraiment sur la même longueur d'onde !

Diana leva les yeux au ciel et reprit :
– J'ai cru comprendre que deux des enfants avaient failli être entraînés sous l'eau par un mystérieux tourbillon.
Nancy sourit et répondit :
– La vérité, c'est qu'ils avaient emprunté le canoë sans permission et qu'ils sont sûrement tombés en chahutant. Ils ont raconté n'importe quoi pour ne pas se faire punir.
– Et après l'incident, leur bateau n'avait rien de bizarre ? interrogea Martin.
– Non, rien. Il est d'ailleurs toujours là-bas, sur la petite jetée du lac. On le voit d'ici.

Nancy se tourna vers Java et demanda :
– Et maintenant, monsieur l'apprenti cuisinier, que diriez-vous d'aller découvrir votre royaume ?

– Java d'accord !
– Qu'est-ce que tu aimes préparer comme plat ?
– Cuisine française.
– Avec les frites tu devrais avoir un certain succès; par contre, évite les escargots et la cervelle…

Pendant que leur ami s'éloignait avec Nancy, Diana et Martin décidèrent d'aller inspecter le canoë.

– Je crois que Nancy a vu juste, fit Diana. Regarde, il n'y a ni marque suspecte ni trace de choc. Les gamins ont peut-être tout imaginé.
– Mom a parlé d'une activité paranormale détectée par nos satellites et, ça, les enfants n'ont pas pu l'inventer…

Martin se pencha sur l'embarcation. En se tortillant pour aller inspecter le dessous des planchettes servant de siège, il découvrit quelque chose d'étrange.
– Hé, on dirait une sorte de gelée verdâtre.
– Pour une fois, essaie de te retenir, ne la goûte pas ! lui conseilla Diana. La dernière fois, tu t'es retrouvé changé en lapin garou…
– Je vais faire un prélèvement et demander une analyse au Centre.

Martin saisit sa montre et tourna le cadran.

– Activation du Chrono-scan, mode visco-analyse.

Le minuscule engin ultrasophistiqué fit apparaître une éprouvette et un bâtonnet avec lequel le jeune agent préleva un peu de la substance.

– Sûrement de la sève d'arbre, supposa Diana.

– Quelque chose me dit que nous avons affaire à beaucoup plus bizarre que ça...

– Le cauchemar recommence...

– Il continue, Diana ! jubila Martin.

La nuit était tombée depuis déjà longtemps. Avec ses deux pensionnaires, Martin avait décidé d'aller faire du camping sauvage un peu à l'écart, histoire de prendre l'air et de vérifier la présence d'éventuelles lueurs...
Assis autour du feu, ils dégustaient tous les trois des brochettes de marshmallows grillés.

– Vous n'avez jamais l'impression que quelque chose vous observe de cette forêt ? questionna Martin.

– Tout le temps, répondit Daryl, le plus déluré des deux gamins. Parfois, on entend même des branches qui cassent...

Les flammes projetaient une douce clarté orangée. Denis commenta :

– Moi, je préfère ne pas y penser, sinon je m'enfuis en courant ! Toutes les nuits, j'entends des bruits.

Il leva sur Martin un regard pétillant de malice :

– Dis, Martin, tu connais des histoires de fantômes ?

– De fantômes, d'extraterrestres, de monstres en tous genres. Sans exagérer,

vous êtes en compagnie du spécialiste de tout ce qui fait peur. J'en ai même gardé quelques cicatrices...
– Raconte, raconte ! s'écrièrent les deux campeurs en herbe.
– C'était par une belle nuit de pleine lune, un peu comme celle que nous avons ce soir. J'étais sur la trace d'un monstre, dans une forêt qui ressemblait d'ailleurs à celle qui nous entoure...

Martin se lança dans son récit en prenant une voix théâtrale. Subjugués, les deux enfants n'en perdaient pas un mot, et l'ombre de leurs cheveux, éclairés par la lumière rasante du feu, donnait l'impression qu'ils se dressaient sur leur tête.
– Je n'avais aucune idée de ce que pouvait être cette créature, poursuivit Martin, mais elle avait déjà kidnappé mon

père et ma sœur. Je l'ai cherchée toute la nuit, au plus profond des bois, mais c'est elle qui m'a trouvé, au petit matin, dans une grotte où je m'étais endormi d'épuisement.

– Elle t'a fait mal ? demanda Denis, inquiet.

Pour toute réponse, Martin releva sa chemise à fleurs et exhiba fièrement la cicatrice qui lui balafrait le flanc.

– Oui, petit, elle m'a fait très mal. C'était un extraterrestre qui tuait ses proies à coups de crocs gorgés de venin. Une seule morsure suffisait à vous dissoudre les organes. Heureusement, j'avais mon Chrono...

S'apercevant qu'il allait en dire trop et trahir sa véritable activité pour le Centre, Martin changea soudain de conversation.

– … mais c'est une autre histoire et maintenant, il est l'heure d'aller dormir. Moi, je vais rester près du feu, à admirer les étoiles…

– On peut rester avec toi ? demanda timidement Daryl. Après ce que tu nous as raconté, on n'a pas trop envie de se retrouver tout seuls, dans cette forêt, sous cette pleine lune…

– C'est d'accord, les garçons. Avec de la chance, on pourra sûrement voir des ovnis…

Martin s'était endormi depuis longtemps et ronflait tellement fort que ses deux jeunes compagnons ne réussissaient pas à fermer l'œil. Le feu était mourant et seule la lumière de la pleine lune éclairait faiblement le campement. La forêt les encerclait, sombre et mystérieuse. L'ambiance était sinistre et les deux enfants se tenaient recroquevillés dans leurs duvets. Un craquement résonna soudain, tout proche. Les deux garçons se relevèrent d'un seul coup. Daryl attrapa sa lampe torche et dirigea le faisceau vers les bois.

– Si vous jouez à nous faire peur, on va le dire au moniteur, lança-t-il dans la nuit d'une voix tremblante.
En promenant le rayon lumineux, il accrocha une ombre, qui disparut aussitôt dans un épais fourré.
– Daryl, j'ai la trouille ! s'exclama Denis. On réveille Martin.
L'enfant se jeta sur le ronfleur et le secoua.
– Martin, Martin, réveille-toi !

– Hein, quoi, qu'y a-t-il ? Non, ce n'est pas moi qui ai copié le devoir de sciences...
– Martin, il y a quelque chose dans les bois !
– Bien évidemment, mon garçon, ces bois sont pleins d'écureuils, de hérissons, de petites souris...
– Non, Martin, il y a un truc qui rôde et qui nous surveille !

Le jeune agent reprit ses esprits.
– Donnez-moi cette lampe et restez là, je vais voir.
– C'est peut-être ta créature qui est revenue pour nous dissoudre les organes ?
– Pas de danger, maintenant elle est employée au service d'entretien du Centre, elle trie les déchets...
Devant l'air ahuri des deux garçons, Martin décida de ne rien ajouter. Sans

hésiter, il s'élança dans l'obscurité de la forêt.
Il ne lui fallut pas longtemps pour repérer les bruits de pas dans les feuilles. Il se dirigea vers eux.

– Qui que vous soyez, vous êtes repéré ! Je vais compter jusqu'à dix et si vous vous livrez, je vous promets que vous bénéficierez du programme d'évacuation des extra-terrestres mis en place par le Centre !
Aucune réponse. Armé de sa seule torche, Martin s'enfonça encore plus profond dans l'épaisse forêt.

Les bruits de mouvements et de déplacements lui paraissaient chaque fois plus proches, mais il ne parvenait pas à voir au-delà des épais feuillages.
– Vous devriez vous montrer raisonnable, insista-t-il. Faire peur à des enfants, ce n'est pas digne d'un grand monstre...
Pour toute réponse, un hurlement lui parvint du campement.
– Martin, au secours !
La voix était lointaine mais il n'y avait aucun doute : c'était Daryl. Martin fit demi-tour et prit le chemin du retour en courant le plus vite possible.
– Tenez bon, les garçons, j'arrive !
Martin volait plus qu'il ne courait. Les cris résonnaient toujours dans la nuit, de plus en plus étouffés. Lorsqu'il déboucha enfin dans la clairière, les deux enfants n'y étaient plus.

– Daryl, Denis, où êtes-vous ? s'écria Martin.

Un nouveau cri de détresse lui parvint en contrebas. Le jeune homme reprit sa course. La traque était lancée, et pas question de se laisser distancer ! En sautant par-dessus les obstacles et en prenant tous les risques, Martin réussit à réduire l'écart. Dans le faisceau de sa lampe, il accrocha une haute silhouette qui s'enfuyait en portant un garçon sous chaque bras.

– Viens ici, espèce de monstre, relâche les petits ou tu vas avoir affaire à moi !

La créature ne semblait ni essoufflée ni gênée par le poids de ses deux victimes qui se débattaient. Martin accéléra encore pour tenter de rattraper le mystérieux kidnappeur, en vain.
Sans ralentir, le monstre se jeta dans le lac et disparut en emportant les deux enfants.

Diana étudiait les berges du lac à la lueur de sa lampe.

– Ces traces de pas sont immenses, constata-t-elle. Même Java a l'air d'avoir des pieds de bébé à côté.

– Java pas bébé, mais Java pas aimer les grosses bêtes qui enlèvent les enfants.

– Martin, tu n'as vraiment pas eu le temps de l'apercevoir ?

– Il courait trop vite. Deux bras, deux jambes et une carrure de rugbyman monté sur échasses. C'est tout ce que j'ai pu remarquer.

Diana s'éloigna pour remonter la piste laissée par le monstre dans le sol. Java scrutait avec inquiétude la surface du lac éclairée par la pleine lune. Le Chronoscan de Martin se mit à vibrer.

– Un appel de Billy, fit-il en prenant la communication.
– Bonsoir, mes amis ! Alors, vos vacances ?
– On nage en plein cauchemar. J'espère que tu as des réponses à nous donner.
– Nous avons analysé la structure de la matière que tu as prélevée sur le canoë. Mauvaise nouvelle : ce n'est pas de la sève d'arbre. Et deuxième mauvaise nouvelle : cela ne ressemble à rien de connu sur cette terre...
– Je le savais ! s'exclama Martin. Il y a de l'extraterrestre là-dessous.
Diana revint vers eux en courant.
– Tu es avec Billy ?
– Oui.
– Regarde ce que j'ai trouvé plus haut, dans les branches.
Diana leur montra un lambeau déchiqueté d'une curieuse matière translucide qui

ressemblait un peu à du plastique pour emballer les aliments.

– Mon petit Billy, je plonge un échantillon de ce truc dans mon Chrono-scan, et tu vas nous analyser tout ça.

– Bien, Martin !

– Et plus de mauvaises nouvelles, hein !

En remontant vers les chalets, Diana, Martin et Java cherchaient toujours à expliquer la disparition des enfants, sans succès.

– Tu es certain que tes deux campeurs ne t'ont pas fait une blague ? interrogea Diana.

– Je ne suis peut-être pas le gars le plus rapide du monde, mais tu connais des gamins capables de me semer à la course ? Sans compter que leurs cris de peur étaient vraiment très réalistes !

Java semblait de plus en plus effrayé par l'obscurité et l'ambiance de cette nuit.
– Java trouve village vacances bien calme. Pas aimer ça...
– C'est vrai, fit observer Martin, tous les chalets sont éteints. Avec les cris d'alerte et la course-poursuite, c'est étonnant que personne ne soit sorti...
– On ferait bien d'aller voir au chalet des moniteurs, déclara Diana. Il va falloir signaler la disparition des deux enfants.

– Justement, observa Martin, je crois voir une lueur dans leur bâtiment…

Par une fente entre deux rondins, un minuscule rayon de lumière s'échappait du local des animateurs. Sur la pointe des pieds, les trois agents s'approchèrent, et

Martin plaqua son œil sur le mur de bois. Lui que rien n'étonnait fut stupéfait de ce qu'il vit. À voix basse, il commenta :

– Les moniteurs sont fascinés par un hot-dog lumineux, soit ils sont devenus fous, soit ils vouent un culte à une bien étrange divinité…

Dans une lumière aveuglante, tous les moniteurs du camp étaient en effet alignés devant une statuette en forme de fusée, dont le sommet était gravé d'un étrange emblème. Les animateurs étaient comme hypnotisés par la lumière qu'émettait le mystérieux objet.

Marmonnant une mélopée lancinante, rythmée d'incantations, ils tendaient les bras vers la statuette posée sur une sorte d'autel.

L'intensité de la lumière augmenta à tel point que Martin cessa de regarder.
– Leur dieu hot-dog est assez puissant pour éclairer toute une ville, fit-il en clignant des yeux.

Il tenta de regarder à nouveau par la fente, mais la lumière était devenue si aveuglante qu'il n'y voyait plus rien.
– Je suis ébloui ! Je ne vois même plus les moniteurs.
– Normal, lui souffla Diana avec une voix tremblante. Ils ne sont plus dans le chalet...
– Et comment peux-tu en être sûre ? interrogea Martin en se frottant les yeux.
– Parce qu'ils nous encerclent !
Martin fit volte-face et découvrit l'armée d'ombres qui approchait d'eux, bras tendus.

– Malédiction ! gronda Martin. En plus, ils ont des têtes horribles ! Je me doutais que ce n'était pas bon pour la santé de vénérer un hot-dog...

Java fut le premier à se jeter dans la mêlée, mais en pure perte. Même lui ne parvint pas à franchir le rang qui se refermait sur eux.
– Sauve-toi, Diana ! hurla Martin à sa sœur, je te couvre !

La jeune fille n'avait pas fait trois pas que, déjà, d'innombrables bras la saisissaient.
– Lâchez-moi, je ne suis pas un hot-dog !
Martin essaya de la secourir, mais une force incroyable le cloua sur place. À son tour, il se sentit soulevé, emporté... Tout à coup, il entendit un étrange sifflement, alors son esprit et son corps basculèrent dans une nuit absolue.

Lorsque Martin reprit conscience, il était allongé sur le sol et incapable de bouger. Il se rendit vite compte qu'il était emprisonné dans une sorte de sac.

– Nom d'un Saturnien, qu'est-ce que c'est encore que ça ?

En se contorsionnant, il réussit à activer son Chrono-scan en mode turbo-laser et découpa l'espèce de cocon qui l'immobilisait.

– On dirait bien la même matière que celle que Diana a découverte accrochée aux branches. Je déteste être emballé comme une tranche de jambon sous vide…

Martin se frictionna la tête et acheva de reprendre ses esprits. Il se trouvait dans un hangar. Sur le sol, juste à côté de lui, deux autres cocons étaient étendus.

Il entreprit de déballer le plus petit et découvrit Diana. Le jeune homme secoua sa sœur, qui ouvrit les yeux brutalement comme si elle sortait d'un cauchemar.

– Que s'est-il passé ? demanda-t-elle en suffoquant.

– Tu es restée endormie deux ans, mais pendant ce temps-là ton roman est sorti et c'est un des plus grands succès littéraires jamais connus.

– C'est vrai ? interrogea Diana, tout à coup parfaitement réveillée.

– Non, ma vieille, les moniteurs nous ont juste enfermés ici.

Diana bondit sur son frère avec une telle énergie qu'elle le renversa.

– Espèce de...

– Diana, il faut libérer Java, sinon il va étouffer !

La jeune fille se calma et laissa son frère découper le cocon de leur ami.

Tandis que Java revenait péniblement à lui, Martin inspecta le hangar.

– La porte est verrouillée, sûrement par une chaîne ou une barre.

Java se leva et, encore un peu vacillant, s'approcha de la porte. Prenant de l'élan, il essaya de la défoncer, sans succès. Martin restait pensif.

– Pourquoi n'aides-tu pas Java ? demanda Diana.

– Parce que plus je repense au symbole gravé sur l'étrange statuette lumineuse, plus je me dis que je le connais, marmonna Martin.

Il activa son Chrono-scan.

– Accès aux archives du Centre, consulter le Legendex, rubrique Symboles de divinités...
Il fit défiler les visuels à une vitesse vertigineuse. Soudain, il s'arrêta.

– Nous y voilà. Regardez, le dessin qui orne cette statue est l'emblème de Sauros, un dieu reptilien qui dérobait la force vitale des jeunes. Il semble que Sauros réapparaisse tous les mille ans. La dernière fois qu'on a vu sa sale bobine, c'était... au millénaire dernier. De là à imaginer que cette soi-disant divinité serait un extraterrestre ayant un cycle de vie de mille ans…

Martin fut soudain interrompu par des cris venus du dehors.

– Ce sont les enfants, ils s'en prennent à eux ! s'écria Diana.

Cette fois, Martin et Java se jetèrent ensemble contre la lourde porte de bois. Diana réussit à jeter un œil à l'extérieur entre deux planches disjointes.

– Dépêchez-vous, ils viennent de capturer deux filles et ils les emmènent !

– À nous les grands moyens, déclara Martin en activant son Chrono-scan.

Le mode turbo-laser fit jaillir de la montre un faisceau rouge vif. Martin s'attaqua à la porte et Java donna le coup de grâce en se jetant dessus de tout son poids. Le battant s'écarta violemment sous l'im-

pact, laissant apparaître trois moniteurs au regard noir et aux mines effrayantes.
– Ils n'ont pas l'air décidé à nous laisser passer, observa Diana.
– Pourtant, cette fois, il va bien falloir, déclara Martin.

Le jeune homme s'élança le premier pour forcer le passage, mais il fut immédiatement rejeté en arrière dans un fracas de planches renversées. Java prit alors la relève et parvint à dégager les trois animateurs comme s'il s'était agi de quilles.
– Java adorer bowling, et pas aimer moniteurs méchants !

À peine avait-il achevé sa phrase que, déjà, d'autres animateurs surgissaient de la nuit, plus menaçants encore. Diana empoigna une pagaie de canoë posée contre le mur du hangar et chargea à son tour.

– Arrière ! Laissez les enfants tranquilles ! hurla-t-elle.

C'est alors que l'un des moniteurs ouvrit une bouche incroyablement grande et projeta un filet gluant que la jeune fille évita de justesse.

– Mais c'est dégoûtant ! Un peu plus et mon chemisier préféré était fichu !

Folle de rage, elle assena au monstre un grand coup de pagaie qui lui coupa l'envie de cracher.

– C'est avec ça qu'ils fabriquent leurs cocons ! s'écria Martin. Ils cherchent à nous emprisonner de nouveau.

Diana fit virevolter sa pagaie comme un Ninja et dévia tous les jets visqueux.

– Espèces de monstres, n'espérez pas m'emballer aussi facilement !

Alors que les trois agents se battaient sur tous les fronts, les cris des enfants montaient de tout le camp. Partout, la panique était indescriptible. Les derniers enfants qui n'avaient pas encore été capturés couraient en tous sens, affolés, finissant toujours par tomber dans l'un des pièges qui leur étaient tendus. Les uns après les autres, ils étaient rattrapés par les moniteurs-zombies.

Martin, Diana et Java allaient unir leur élan pour prendre l'avantage lorsqu'ils eurent une terrifiante surprise : les animateurs du camp se transformaient ! Un à un, leurs bras et leurs jambes s'allongeaient en se couvrant d'écailles verdâtres...
– Mais qu'est-ce qui se passe ? s'écria Diana.

– Ils sont sous l'emprise de Sauros ! lança Martin sans cesser de lutter. Ils deviennent des lézards comme leur dieu !
Le visage des moniteurs se déformait atrocement. Leurs mâchoires s'étiraient vers l'avant pour devenir une sorte de museau, la peau s'épaississait comme du cuir, leur visage se figeait peu à peu en un épouvantable masque de reptile géant.

– Java pas aimer gros lézards moches ! Moi faire pâté à la française avec leur tête !

Les créatures sifflaient et fixaient les trois agents de leurs regards froids. La langue de l'une d'elles pointa entre ses crocs jaunâtres et Diana frissonna : elle était bifide, comme celle des serpents...

– Il serait peut-être plus sage de battre en retraite en attendant d'avoir un plan, souffla Martin.

Les lézards ne leur en laissèrent pas le temps et se jetèrent sur eux. Diana tenta de se replier à l'intérieur du hangar mais un jet visqueux l'atteignit en pleine course.

– Tiens bon, petite sœur ! hurla Martin en tentant de couper le fil gluant.

Mais bientôt il fut lui aussi bombardé de sécrétions. Il se détourna pour se libérer.

Distrait par deux nouveaux assaillants, il ne vit pas les lézards entraîner sa sœur vers le lac...

Lorsqu'elle réussit à hurler, Diana était déjà loin. En entendant l'appel de détresse de son amie, Java sentit la colère enfler en lui. Il attrapa un canoë à bras-le-corps et le projeta sur les immondes créatures, qui s'effondrèrent sous le poids de l'embarcation.

– Bien joué, Java ! On fonce au lac sauver Diana et, cette fois, plus question de perdre les enfants !

Lorsque Martin et Java débouchèrent sur les bords du lac, les lézards avaient déjà disparu avec leurs victimes. Seule une légère lueur bleutée venue des profondeurs des flots trahissait quelque chose d'anormal.

– Cette fois, déclara Martin, il faut se jeter à l'eau.

L'eau était fraîche, mais cela ne fit pas reculer les deux agents. Ils nagèrent en direction de la lumière. Arrivés au-dessus, ils prirent une longue inspiration et plongèrent. Nageant vigoureusement, ils s'enfoncèrent dans l'eau. Au fond du lac, posé au creux d'une immense faille invisible de la surface, apparut un étrange vaisseau de forme oblongue. C'était de là que s'échappait la lumière. Martin fit signe à Java et se mit à nager de plus belle.

L'engin était énorme. Ils longèrent ses parois lisses et courbes et finirent par découvrir une écoutille. Martin se glissa à l'intérieur et déboucha dans un sas. De l'air, enfin ! Il reprit sa respiration à pleins poumons. Java émergea à son tour.

– Tu as vu la forme de cet aéronef, Java ? Cela ne ressemble à rien de ce que nous connaissons sur Terre…

– Vaisseau extraterrestre Sauros ?

– Nous allons vite le savoir…

Les deux garçons s'extirpèrent du sas. Les couloirs étaient étroits et les parois métalliques rouillées.

– Qui sait depuis combien de temps ce transporteur spatial se cache au fond du lac ? Il a peut-être plusieurs milliers d'années.

Le vaisseau fut agité par une série de secousses.
– Java pas aimer tremblote de fusée.
– On dirait que cet engin est en train de démarrer... Pas une seconde à perdre, il faut retrouver Diana et les enfants !

Les deux amis s'élancèrent dans le labyrinthe de couloirs. De nouvelles secousses ébranlèrent l'aéronef englouti.
– Si on en croit la légende, reprit Martin sans ralentir, Sauros tire son énergie de ses victimes. Il me vient une idée effrayante. Il est peut-être en train de faire le plein avec les enfants du centre...
– Java détester pompe à essence qui marche avec les vacanciers.

Le vaisseau était abîmé et rongé de toutes parts. Tout à coup, Martin fit signe à Java de s'arrêter.

– Quelqu'un approche ! Cachons-nous !
Java eut toutes les peines du monde à se glisser dans le recoin où Martin s'était déjà tapi.
– Java, tu m'écrases ! Je vais finir comme une crêpe !

Trois lézards passèrent dans le couloir sans les remarquer.
– Quelque chose me dit que si nous les suivons, ils nous conduiront aux enfants…

À pas de loup, les deux agents filèrent discrètement les créatures. Martin avait vu juste : ils ne tardèrent pas à arriver au cœur du vaisseau, dans une immense salle puissamment éclairée. Martin profita d'une pile de barils métalliques pour entraîner son complice et se dissimuler.
– Voilà un excellent poste d'observation ! fit-il.

En se protégeant les yeux de la lumière, Martin finit par comprendre le gigantesque système de tubes et de bocaux géants qui occupait toute la hauteur de l'espace.

– Regarde dans ces grandes éprouvettes : ce sont les enfants !

– On dirait qu'ils sont tout maigres, et gris...

Le vaisseau fut à nouveau agité par des secousses. Des éclairs parcoururent le dispositif aspirateur d'énergie et soudain, une énorme créature cauchemardesque émergea en son centre.

– C'est sûrement Sauros ! s'exclama Martin. Grâce à la force vitale qu'il dérobe aux enfants, il est en train de se réveiller.

– Sauros encore plus moche que les moniteurs lézards !

Le monstre reptilien était aussi imposant qu'un autobus.

Plus il bougeait, plus le liquide des éprouvettes contenant les enfants se mettait à bouillonner. C'est alors que Martin remarqua un cocon posé au pied de l'installation.

– Je crois que nous avons retrouvé Diana, fit-il. La voilà encore prisonnière d'une de leurs espèces de cocons…

À travers l'enveloppe qui la maintenait immobile au sol, Diana vit Nancy s'approcher d'elle. Épuisée, elle l'implora.

– Nancy, libère-moi, Sauros est en train de détruire les enfants…

La monitrice s'approcha avec un sourire.

– Ma pauvre Diana, tu ignorais que ces enfants débordants de vie ont suffisamment d'énergie

pour alimenter le vaisseau Sauros ! Dès qu'il aura réussi à sortir du lac, il pourra voler où bon lui semble...

– ... et détruire d'autres vies pour s'en nourrir, se rebella Diana. Il faut à tout prix l'en empêcher !

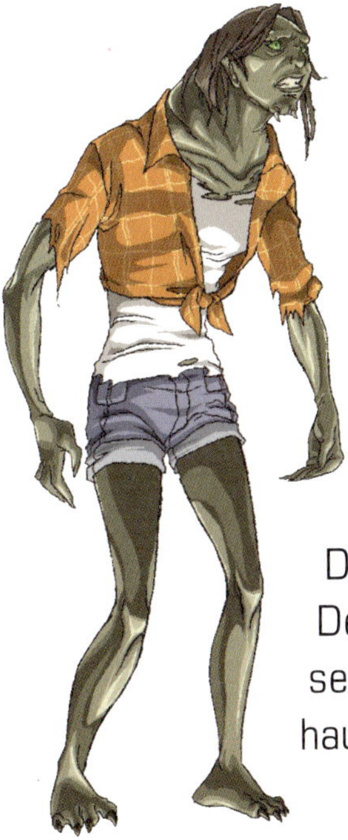

– Et qui va pouvoir arrêter le Maître ? demanda Nancy en éclatant d'un rire terrifiant.

Le beau visage de la jeune femme se métamorphosa sous le regard terrifié de Diana.

Derrière Nancy, Sauros se dressa de toute sa hauteur. Un rayon jaillit de ses yeux et frappa la monitrice, qui se changea alors complètement en lézard.

Diana poussa un cri d'effroi. Java allait se précipiter pour lui porter secours, mais Martin l'en empêcha.

– Non, attends, ce que je viens de voir me donne une idée...

– Mais Diana est en danger !
– Je le sais, pourtant Sauros n'est plus invincible... lorsqu'il transforme quelqu'un en lézard. As-tu remarqué comme il semblait affaibli juste après avoir métamorphosé Nancy ?

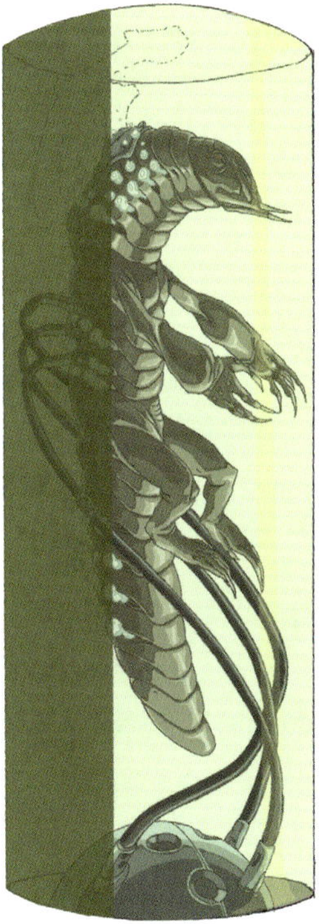

Java n'était pas rassuré.
– Java pas savoir ce qui lui fait le plus peur, dit-il. Le méchant Sauros ou le plan tordu qui a germé dans tête de Martin...

– Et si pour une fois tu me faisais confiance ?
– La dernière fois que Java a fait confiance, il a eu mal aux fesses pendant un mois…
– Qui aurait pu prévoir que ce dragon extraterrestre s'en prendrait à toi ?
Java n'eut pas le temps de répondre. Des lézards les avaient repérés et les encerclaient. Sauros s'agitait de plus en plus et les éprouvettes des enfants bouillonnaient plus que jamais.

– On n'a plus le temps, lança Martin. Voilà mon plan : tu combats ces bestioles du mieux que tu peux et tu t'arranges pour que Sauros te transforme. Dès qu'il sera affaibli en envoyant son rayon, je m'en occupe !
– Java pas vouloir…

Trop tard ! Un premier lézard se jeta sur l'homme des cavernes. Il fallut à celui-ci toute sa puissance pour se dégager. Martin contourna la pyramide de bidons et tenta de s'approcher de Diana.

– Accroche-toi, petite sœur, Superfrangin arrive à la rescousse !

À l'instant où il allait enfin pouvoir déchirer l'enveloppe du cocon, le rayon de Sauros frappa Diana de plein fouet. Sous les yeux horrifiés de Martin, elle se transforma aussitôt en immonde lézard vert.

– Il va falloir que tu mettes de l'antiride, ma vieille, fit Martin en échappant de justesse au premier coup de patte de sa sœur.
Diana, métamorphosée en créature aux ordres de Sauros, se mit sur ses jambes et tenta de bondir sur son frère.
– Ça ne change pas vraiment de tes habitudes ! lui cria Martin en l'esquivant une fois de plus. Je ne compte pas les fois où tu as essayé de me sauter dessus, et c'était toujours sans succès !

Tout en fuyant sa sœur, le jeune agent put vérifier sa théorie : en transformant Diana à l'aide de son rayon, Sauros s'était encore affaibli et le vaisseau avait perdu de sa puissance.

De son côté, Java se défendait toujours vaillamment contre la horde de lézards. Martin ne pouvait pas lui prêter main-forte : il devait attendre que son ami succombe sous le nombre pour qu'une fois encore Sauros s'affaiblisse un peu plus.

– Java pas tenir longtemps ! s'écria le géant des cavernes.

– Tant mieux, mon vieux, lui répondit Martin, parce que je suis pressé de régler son compte à ce gros lézard visqueux !

Java se retrouva bientôt prisonnier de la meute de lézards qui aussitôt le présenta au Maître tout-puissant. L'horrible Sauros se tortilla. Le rayon sortit de ses yeux et frappa Java en pleine poitrine. L'agent se métamorphosa instantanément en un immense lézard qui, comme les autres, se retourna vers Martin.

– Eh Java, pas de bêtise ! Tu te souviens, on est copains !

Martin était sur le point d'être pris en étau entre sa sœur et son meilleur ami qui visiblement avaient le même but : l'anéantir ! Il était le dernier agent capable d'agir.

Martin, mon grand, se dit-il, si tu veux sauver ce coup-là, tu n'as pas intérêt à louper ta cible…

Il activa son Chrono-scan en mode turbolaser.

– Moi aussi, j'ai un rayon magique, grommela-t-il en s'élançant vers le dieu reptilien qui se dressait face à lui.

Martin échappa de justesse à la forêt de pattes griffues qui cherchaient à l'empoigner. Sa sœur réussit presque à l'attraper, mais il se faufila entre elle et Java.

– Ça y est, commenta-t-il, je sais ce que ça fait d'être le dernier de son espèce ! Promis, si je m'en sors, j'envoie un don pour les pandas !

Sur sa lancée, il escalada l'enchevêtrement de tubes qui reliaient les éprouvettes.

Dans les bocaux géants, les enfants paraissaient de plus en plus faibles.
– Ne vous en faites pas, les petits, je vais vous sortir de là !

Sauros était au comble de la rage. Il projetait des filets gluants partout en essayant d'atteindre Martin, qui s'approchait toujours plus. Les autres lézards avaient déjà commencé à grimper sur les tuyaux.
Martin n'avait que quelques mètres d'avance et il accomplissait des prouesses d'équilibre pour échapper aux tirs de Sauros.
– Vas-y, mon gros, crache ton venin et épuise-toi ! lui cria-t-il.
Il arriva sur une petite plate-forme et jeta un œil en contrebas : les lézards n'allaient pas tarder à le rejoindre.

– Je n'ai droit qu'à un seul essai, et c'est maintenant !
Il sauta le plus haut possible en activant son turbo-laser. À la manière d'un ninja japonais, il tournoya sur lui-même... et sectionna le cou de Sauros. Le reptile géant gargouilla, son cou s'ouvrit, projetant une purée grisâtre tout autour de lui.

– Tu es aussi répugnant dedans que dehors ! lui lança Martin en s'enfuyant.

Comme un acrobate, il bondit d'un bocal géant à l'autre pour s'éloigner le plus vite possible, mais le déluge baveux l'atteignit quand même. Sauros était littéralement en train de se décomposer. Il se repliait sur lui-même, comme une poupée devenue molle. Après un dernier gargouillis, il ne resta plus de lui qu'une flaque de bouillie verdâtre.

En quelques instants, Diana, Java et les moniteurs retrouvèrent leur apparence normale.
– Que s'est-il passé ? demanda Diana en découvrant son frère couvert de matière gluante.
– Trop long à expliquer. Sauros s'est désintégré et son vaisseau ne va pas tarder

à en faire autant, alors il faut sortir les enfants d'ici.
Le vaisseau se mit à trembler, mais cela ne ressemblait plus à un démarrage.
– Java pas aimer tremblement de terre !

Le petit groupe brisa les bocaux les uns après les autres pour libérer les enfants et les entraîna hors de la salle. Les parois rouillées s'effondraient déjà dans un fracas d'acier et d'étincelles.
Dans un grand tourbillon de bulles, les rescapés débouchèrent à la surface du lac. Martin, Diana et Java guidèrent les enfants jusqu'à la berge.
– Par ici, les petits, c'est fini, tout va bien. Vous pourrez dire à vos parents que vous avez fait un atelier « destruction d'extraterrestres » !
– Ils ne diront rien du tout, coupa une voix surgie de nulle part.

Martin fit volte-face et tomba nez à nez avec Mom.

– Que faites-vous ici ? s'étonna-t-il.

– Nous allons emmener ce petit monde en vacances. Ils l'ont bien mérité.

– Et nous ? C'est injuste ! s'insurgea Martin.

Mom se pencha et ajouta à voix basse :

– Si vous souhaitez vraiment que l'on efface tous vos souvenirs, vous n'avez qu'à aller avec eux…

– Sans façon, merci. Je vais rester avec Java et Diana.

Mom eut un large sourire :

– Effectivement, vous allez rester ici, parce que, désormais, vous êtes les seuls

moniteurs et que quarante nouveaux enfants arrivent dès demain...

Martin se cabra, indigné. Mom insista :

– Vous préférez peut-être que l'on reparle de mon maillot de bain et de mon âge ?

Martin se figea sur place.

– Bonnes vacances, agent Mystère, et encore bravo !

Dans la même collection